바람의 이야기를 듣는 법

정 중 화

시와소금 시인선 · 053

바람의 이야기를 듣는 법

정 중 화

시와소금

산다는 건
참과 거짓을 가를 수 없는
독백 같은 것일 수도 있겠지만
허공을 향해 내뱉은
혼잣말 같은 것일 수도 있겠지만

어이없게
어처구니없게
얼토당토않게
이 핑계 저 핑계 대가며
여기까지 왔다

이젠
나만의
참 내가 되고 싶다

| 차례 |

| 시인의 말 |

제1부 그늘의 사유

제2부 날지 못하는 새

제3부 희망은 별빛과 같다

제4부 사막의 밤

해설 | 박해림

제 **1** 부

그늘의 사유

나팔꽃

외로움을 외로움이
허공을 향해
허공이
감싸 안은,

감추고 싶지 않은
그대를 향한,

짝사랑이 아닌 건
분명해

개

몸을 낮추고 꼬리를 흔든다
허나 걸식을 하거나
적선을 바라지는 않는다
참을 수 있는 만큼의 허기는 참아낸다
싫다면 그뿐 색色을 탐하거나
살견殺犬은 꿈꾸지 않는다
의리는 반드시 지키며
결코 배반하지 않는다
아파도 견뎌내며 연민에 빠지지 않는다
지나는 발자국 소리엔 귀 쫑긋 세우고
사정없이 짖는다
먹을 땐 추호도 딴 짓 하지 않으며
지나는 말에도 귀 기울인다
확실하지 않은 미래엔
목숨 걸지 않는다
갈수록 뜨거워지는 세상,
짖을 수 없는 설움엔
가끔 신음소리를 낸다

지켜내는 만큼 나는
솔직하고 당당하다

장마

나는 부러진 나뭇가지
힘없는 존재입니다
쓸리고 쓸린 흙더미
온갖 티끌과 찌꺼기들이 몸 위로 달라붙고
아련한 추억 그리워집니다
희망은 갈수록 빗물 같아진다는 걸
살아오면서 터득하기도 했지만
속절없이 내리는 비는
순간순간 기억을 희석시킵니다
알지 못하였습니다
누가 누군가 때문에, 라는 말은
의미 없는 위안에 불과하다는 것을
떠나간 것들은 몸 구석구석에
각인되고 있었다는 사실을,
빗물은 내를 이루고 강을 지나
바다로 흘러갑니다
여전히 비는 그치지 않고
녹녹치 않은 현실에 익숙해지기 위해

자꾸 몸을 씻습니다
떠내려가는 나는
힘겹게 몸을 붙들고 있습니다

숲

글자 "숲"을 가만히 들여다보면 인연과 인연이 만나 서로 기대어 의지하는 것 같기도 하거니와 아늑한 공간과 은은한 바람까지 부는 절묘한 어우러짐이 있어 현실인지 가상인지 헷갈리기까지 한다

혀끝을 갈아서 나오는 공기의 흐름이 윗니 끝을 스쳐서 나는 잇소리 시옷[1](ㅅ)을 만들고 혀를 조금 오그리고 깊지도 얕지도 않은 인상을 주는 소리 우(ㅜ)[2]를 붙인 다음 목젖으로 콧길을 막고 두 입술을 다물었다가 뗄 때에 거세게 나는 무성유기파열음 피읖(ㅍ)[3]을 합하니 나무를 떠받치고 스스로 거름이 되어 생명의 윤회와 경이로움이 우러나는 숲의 형상이 되니 절묘한 표음과 표의가 기막히지 않은가

정적에 싸인 숲에 들어 보라 제각각 서있는 나무와 나무와의 관계, 얽히고설켜 휘어져 있으나 서로 불편하지 않고 무거운 것 같으나 기꺼이 내려놓으니 꽃이 되고 열매를 맺는, 하물며 흐를 만큼 흘러야 소리를 멈추는 산골짝 샘물과 소임을 다하여 자리에 누운 낙엽들, 비바람 몰아치고 천둥번개 통곡하는 날 깊은 숲에 다시 가보라 속세를 등진 고승의 안온한 미소, 툭툭 떨어지는 물방울 소리가 아무 것도 아니라는 듯 고요를 깨운다.

숲에서

먼동이 터올 즈음 안개는 숲의 정상을 감싸 안고 낮은 곳으로 임합니다 삶이란 사랑하는 이의 품안으로 돌아눕는 것 햇살이 오기까지 숲이 안개의 품안으로 돌아누웠다면 하오를 지나는 산들바람은 숲을 춤추게 합니다

새들은 구름처럼 하늘의 품안으로 날아갑니다 삶을 다하는 날까지 발길을 재촉하는 도래샘의 맹세가 청아합니다 상수리 한 알 입에 문 날다람쥐 휘청이는 나뭇가지 사이를 유영합니다 조몰락거리는 두 손은 감사의 마음입니다 주는 이의 마음을 사랑이라 한다면 행복은 바라보는 이의 그윽한 미소입니다 함께 하기 어려운 것이 현실이지만 기꺼이 줄 수 있다면 행복입니다 은은한 바람이 숲속에 존재합니다 순간순간이 아름다운, 바람이 스쳐 지나는 품안, 숲속의 풍경입니다

강

짬을 내어
잔잔한 흐름 멈추지 않는
유년의 강을 건너는데요
산이 된 강을
눈을 감고 건너는데요
강 속엔 출렁이는 산이
불쑥 솟아
푸른 꿈 변치 않고 있는데요
단숨에 오른 산 위로
강은
변함없이 흐르는데요
어느새 나는
강 건너
이만치 와 있네요.

숯가마집 개

한때 애 없는 집
무남독녀 외딸처럼 귀여움 받고
자랐다는 개
키우던 이 늙고 병들어
예정에 없이 입양되고
몇날며칠 울며 지냈다는 개
반가운 인기척에 목청껏 짖어대며
몸 부빌 줄 안다는 개
어쩌다 연로한 이 찜질하러 오면
키우던 이 다시 만난 양
기대어 외로움 달랜다는 개
삼겹살 내음 숯불연기에 날리면
어느새 꼬리 흔들며 다가선다는 개
오늘도 사람들 앞을 서성대는데
정에 굶주린 모습 날 닮은 것 같아
더욱 안쓰러운
숯가마집 개

가을

이순에 가까운 사내 제 삶의 그루터기에 걸터앉아 지나온 길 돌아보다 이런 일 저런 일 덧없고 괜스레 쓸쓸해질 때 아름다웠던 시절 잊히지 않는 형형색색의 기억들을 꺼내 모아 10월의 풍경 속에 걸어놓았다

봄비 · 1

황사가 온다더니 봄비가 내려요 지나는 길 개나리꽃 유난히 샛노랗고요 자목련 꽃송이 어쭙잖게 떨어져 아스팔트길 흥건하게 적셔요 안개 속 산등성 몸을 감추고 윤슬 고운 물길은 도란도란 아래로 흘러요 지나는 자동차 미끄러지듯 비켜 가고요 아이는 등굣길 재촉합니다

봄비 내리는 아침, 희망도 함께 합니다

봄비 · 2

사랑하는 마음 헤아릴 줄도 모르는
단단한 그녀의 한 줄 메시지를 접하고
미소 지은 날
발가벗은 산수유,
샛노란 꽃망울 터트리는데 나는
때 아닌 설렘에 부끄러움까지 더하여 민망해지고

기실 미소 지을 일도 아닌
그저 그런 일상의 한 가운데
편히 지내란 지극하지도 않은
안부의 인사뿐인데
생각대로 전달되기 어려운 것이
말이라 하지만
유리창 타고 넘쳐흐르는
대지를 촉촉이 적시는,

마음까지 흠뻑 젖어 창밖을 바라보던
그때

절망퇴치법

잃지 말아야 할 것까지
잃어버려
절망에 겨운 날
초록강으로 나가
팔랑이는 햇살에
은빛물결 퍼져 나가는
유연한 위로 고마워
번잡한 마음 다잡아
집으로 돌아오던 차
어둠을 열고 홀로 마중 나온
그믐달의 얼굴이 어여뻐
사립문에 기대어
한참을 바라보았다

뭉게구름

원願대로 세상 떠돌다 앞산 중턱에 턱, 걸터앉은 먹장구름
방랑의 찌든 때를 털어내어 씻기고 헹구고 기어이 비틀어 짜서
햇살 잘 드는 언덕 바지랑대 끝에 깃발처럼 널어놓으니 고요를
넘어온 바람의 미소 허공에 그득하다

돌멩이 하나 들고 와서

앞내 여울물 속 돌멩이를 들여다보다가 먼 산골짝 뾰족한 바윗덩이가 멈추지 않는 고난의 물길을 따라 흘러왔을 온유함에 괜스레 엄숙해 지는데 세상과 아울리지 못하고 부딪치며 살아가는 난 조근조근 이야기해 가며 제 몸 다듬어 가는 저 강돌보다 모나다는 것이니 흐르는 물 따라 바다와 만나는 강어귀에 이르러 둥글어질 대로 둥글어진 돌멩이 하나 들고 와서 진정 견디어 참아내는, 그를 닮아볼까, 한다

사과나무

몇 잎 남아있지 않은
쭈그렁 이파리 사과나무에
농익은 가을이 달려있다
실한 놈 하나 따서 입에 넣으니
시큼하고 달콤한 가을
감동이 밀려온다
따가운 볕과 비바람 맞으며
익은 가을
그래 사랑을 하려거든
이처럼은 해야지
비탈진 둔덕의 가을
스무 살
어머니 얼굴처럼 붉다

고인돌

　사천삼백여년 전 심심동굴 어둠 속에서 삼칠일간 고진감래 인간이 된 웅녀 기꺼이 어머니가 되고자 하여 신묘년 5월 2일 인시寅時에 단수檀樹 아래에서 단검을 낳았는데 지극히 신령한 덕과 거룩함과 인자함을 겸하여 백성들이 모두 기뻐하고 진심으로 복종하여 임금으로 받들었으니 천제의 자리에서 93년을 머물러 있었다[4]

　백성들은 두루 신시로 모여들어 대대손손 살아갈 것을 다짐했는데 지상에서 누린 안식 내세까지 이어지도록 작은 자갈과 널돌을 깔아 묘실을 만들고 상석을 놓고 돌로 괴어 지석묘라 부르며 부모를 받들듯 기꺼이 그를 모셨는데 도화언덕 위 바람과 같아 시원하기 이를 데 없고 아늑하기 천상의 낙원과 같아 아무도 묘라 부르지 않았다

　후세의 사람들 이를 가리켜 과연 만물의 영장이라 칭하며 살아 천년 죽어 천년 내세의 영원함과 후손의 번영을 치성 드렸고 본디 삶이란 덧없는 것임을 스스로 깨치어 욕심 탐하지 말고 세상 떠받치는 고인돌이라 하였다

---

4) 삼국유사三國遺事, 환단고기桓檀古記에서 빌어옴

그늘의 사유

길을 가다 초록이 동색인 들판 버드나무 그늘 아래서 나무를
지탱해주는 뿌리의 안간힘과 바람과 맞닿은 여린 끝가지의
흔들림의 사유를 듣는다

안개가 걷히는 순간부터 한낮의 중심까지
다가서고 싶었던 노을의 끝자락까지
비바람에 꺾인 가지의 거친 상처가 생의 계급장으로
툭, 튀어 오른 옹이로 거듭날 때까지
오롯이 견뎌온 단단한 가지의 인내들

봄날 슬피 울어야 두견인 것처럼
나그네가 멈춰 쉬어야 할 곳은
허허벌판 홀로인 그늘,
그늘이 아름다운 까닭은 덩그마니 가야하는 길
쓸쓸해하지 말라는 단단한 가지의 배려가
포근하기 때문이다

새들이 날아오르는 이유

　저들의 날갯짓이 그리움이란 걸 알았을 때 새들은 날아오른다 대열을 맞추고 한 방향으로 날아간다 고통의 이면엔 숨겨진 사랑이 있다는 걸 당연히 안다는 듯 높고 멀리 돌아가야 할 곳을 향해 지체 없이 날아오르는 일사불란한 무리지능은 허공을 그들만의 단단한 길로 만든다

　일렁이는 초록 숲의 속삭임과 석양을 등진 천상의 도열 그 장관의 감탄사와 삭풍 속으로 새들이 날아오른 저물녘 그리움에 떨고 있는 마른 나뭇가지의 전설과 꿈꾸는 노을과 억새의 일렁임 사이를 춤추며 날아오르는 새들의 사유는,

　새들에게 허공은 되돌아가는 망망대로 슬며시 지그려 놓은 회귀의 문이다 햇살의 눈부심을 마주하며 지상의 경계를 박차오르는 비상의 문이다 재회를 꿈꾸는 자여 어디로 가는지 두 번은 묻지 마라 수천 번의 울음과 수만 번의 날갯짓은 천고의 변하지 않는 사랑, 보라 그리움이 익어 가면 새들은 날아오르고 꽃은 핀다 푸른 허공이 펄럭일 때 풍경은 비로소 아름답다

제 **2** 부

날지 못하는 새

첫눈

휘날리고 싶었다
대개의 삶은 머물러 있어도
고단했으므로

그날 이후 잊고 살았다
아름다운 혹은 슬픔으로 기억되는
추억은
지극히 평범해야 했으므로

그래서 억울하였다
따져 묻기도 어려울뿐더러
정답은
망각이었으므로

그래도 행복하였다
당신이 그 사이를 걸어 내게 왔으므로

시인의 눈

시詩를 쓴다는 남자
밑동 굵은 나무 그늘에
등 기대고 앉아 핥아내듯
도심의 중앙, 낯익은
공원의 풍경을 바라보고 있다
낡은 벤치엔 노인 몇
볕바른 양지를 향해 쭈뼛쭈뼛 앉아 있고
비둘기 떼 주절주절 입 아픈 줄 모르고
아스팔트 바닥을 쪼아댄다
바닥에 널린 저 삶들이
세상의 가늠자다
중심에서 벗어난 저 노인들이
삶의 지렛대다
나무의 그늘이
따사로운 볕을 향한 밋밋함이
높지 않은 곳의 풍경이 시인의 눈이다
고즈넉한 공원이 시인의 눈이다
시인의 눈에서

푸릇푸릇 시詩들이 쏟아져 나온다

어리석음이 기적을 만든다

죽음을 예감한다는 것
아직은 살아있다는 것
암 진단을 받았던 친구
낫게 해준다는 의사의 말과
걱정 말라는 아내의 눈물을
성경 같이 믿고 불경 같이 믿어
넉 달이란 시한부 삶이
달을 넘기고 해를 채운
오늘까지도 꿋꿋이 살아있다
너무 믿어 어리석은
그 어리석음이 기적을 만들었는데
정작 병들지 않았다 믿는
우리네 삶은
의심에 의심을 더하여 싸움을 만들고
눈 감고도 잠들지 못하는
숱한 밤을 맞는다

어리석음이 기적을 만든다는 걸

사람들은 믿으려하지 않는다

나는 알지 못합니다

나는 모릅니다
제 길을 가고 있는지 알지 못합니다
당신의 침묵은 더더욱 이해하지 못합니다
끝나지 않을 혼돈 앞에서
아무도 진실을 말하지 않습니다
단단히 잠긴 대문 앞에서
넘을 수 없는 벽을 절감합니다
별 하나 없는 어둠에 질식합니다
실망하여 집으로 돌아가거나
너절하게 깔린 사랑과 미움 중
하나를 선택해야 합니다
편을 가르고 옳고 그름에 표를 던져야 합니다
그런데 나는 모릅니다 무엇이 옳은지
절실한 누군가 스러지고 있는데
절망하여 죽어가고 있는데
나는 알지 못합니다
광장의 어둠 속엔 촛불이 반짝입니다
장관이고 감동이며 하나 되는 모습입니다

그래도 나는 알지 못합니다
어디에도 가해자는 없고 상처만 남았습니다
닫힌 대문이 열려지고 말들은 잔치를 합니다
위안이 필요하다는 것을 아는 사람들은
집 밖으로 나오지 않습니다
사람들은 일터로 향하지 않고
나눔의 집에 줄을 섭니다
그리운 게 없는 삶입니다
역겨운 천국입니다 고개 숙인 나는
밥만 먹고 사는 나는 모르는 게 너무 많습니다
정말 아는 것이 너무 없습니다

아뿔싸

후회하며 돌아보니
끊이지 않는
아우성
아! 불사不似

막다른 길로 접어들어
되돌아보는
처절한,
내 모질음

칼날의 끝

칼날의 끝이 뾰족하다 해도 녹슬지 않는 것이 아니다
칼끝의 쓰임은 찌름에만 있지 않다
앞서 예지하며 유형의 미를 자아내는
썩어 뭉그러진 부위를 도려내는 작업은
날카로움이 아니며 무지無智로 해결할 일이 아니다
사막의 낱알 모래들이 하염없이 가야하는
낙타의 길을 바람이 지우고 지난 후
존재의 사유를 깨달았듯이
비록 쓰임이 파내어 버리는 일이라 할지라도
세상 소금과 같이 갈고 닦은 몸
방향을 바꾸려 하거나 헛되이 힘쓰지 아니하며
위치에 연연하지 않으며 아끼고 사랑하고
배려하는 마음으로 내키는 대로 행하지 않기에
앞선 이의 위치에서 칭송을 들을 수 있는 것이다
칼날의 끝이 빛나는 이유는 지나치지 않으며
언제나 타인의 삶을 먼저 바라보기 때문이다

사냥

낯선 도시 황량하고 쓸쓸한 땅
군중 속으로 사냥을 떠난다
주어진 단 한 번의 기회를 위하여
사고의 전환은 반드시 필요하다

최대한 몸을 낮추고
강렬한 눈빛은 숨기고
악의 없는 척,
고독한 도시의 하이에나처럼
결정적인 순간을 위하여

빛이 몸을 숨긴 칙칙한 어둠 속으로
서서히 다가서기 시작한다
미련하리만큼 묵직한 움직임으로
사정거리 안으로 먹잇감이 들어오기를 기다린다
아~아 드디어 방아쇠를 당긴다

저~어 시간 있나요!

돌멩이

균열 간 마음 어르고 달래 모나지 않게 살아가는 법 깨우치려 애쓰다 돌아오는 퇴근길 어느 돌산 웅크리고 있던 집채만 한 바위였다가 어느 집 막주춧돌이었거나 설재목 받침이었을 수도 있는 돌멩이 아스팔트 포장 밖 비포장 구석에 퍼질러 앉아 있어 거나한 하루의 여정이 궁금해지는데 타향도 정이 들면 고향이라 머물러 있는 것인지 오란 곳 없어도 갈 곳은 많아 정처 없이 떠도는 중인지 매무시 바로잡아 가부좌한 모습 길 위의 성자 같아 불현듯 숙연해 지는데 힐끗 쳐다보며 하는 말 무릇 삶이란 세월과 함께 둥글어지는 것, 닳고 닳아 어느 강가 몽돌이 되는 날까지 이렇게 저렇게 살아갈 것이니 모르는 척 지나가라 하며 지그시 눈을 감는다

영안실에서

삶과 죽음의 거리가
평행하다, 믿는
경계의 밖에서
죽은 자에게 절한다

삶과 죽음,
그 평행한 인과를 믿고 싶은
죽은 자를 기억하는 산 자의 곡哭
죽은 자는 말이 없다

경계의 안쪽엔
소란한 슬픔들이 웅성거리고
경계의 바깥쪽 하늘엔
덧없이 별들만 그득하다

봄날의 점심

식권 2장을 산 노부부
배식대 앞에 줄을 섭니다
밥은 오른쪽 국은 왼쪽
발우공양 소담스레 담아
정원이 내다보이는 식탁에
마주보고 앉습니다
바라밀다⁵⁾를 건너듯 창을 넘어온
따사로운 햇살의 어루만짐,
무릇 칠십 평생의 삶이 경건해지는
죽비소리 그득한
봄날의 점심입니다

———
5) 바라밀다 : 波羅蜜多

기둥

콘크리트나 돌, 단단한 몸으로 치장한 나는 동서고금을 막론하고 점이며 선이다 틈과 틈 사이를 눌러 다지고 다듬어 깎은 면이자 벽이기도 하고 한 번 피어 천년을 가는 영원의 꽃이다 한때 신에게 다가가는 신성한 성물이기도 했고 역사의 성망을 지켜본 상징이기도 했다 모든 아름다움은 나로부터 유래되고 창조됨을 누구도 부인하지 않았다 혹자는 권력자의 횡포 혹은 화려함으로 치장한 자기위안일 뿐이라며 폄하하기도 했고 수시로 변하는 그림자 뒤에 숨은 슬픈 피에로의 춤이라는 풍문이 나돌기도 했지만 지극히 제한적이거나 훨씬 과거의 일이었다 기원을 거슬러 온 나는 부러움인 동시에 불멸의 우상이며 때론 정체를 드러내지 않는 불가사의한 존재다 나는 지극히 거대하며 지극히 위대한 둥글고 각진 힘이다 절대권세가 무너질까 두려운 신의 조바심이거나 인계의 역사가 두려운 조물주의 거짓 피조물이다 내 몸을 훑고 지난 정복자들의 피, 역사의 지문은 시공을 초월한 유이한 훈장, 보라 버티어 받들고 나로 하여 의지케 할 것은 오로지 허공뿐이다

날지 못하는 새

꿈꾸는 도시, 어두운 골목에 쭈그려 앉은 내가 어딜 가다 봤는지 무얼 하다 봤는지 날지 못하는 새가 된 나를 보았어 희미한 불빛, 산란하는 그림자의 산란하는 그림자 탓이 아니라고 둘러댔지만 답하지 못하는 존재의 사유처럼 날지 못하는 새인 나는……

앙상한 나뭇가지에 앉아 울고 있는 새, 어스름 날아올라 속절없이 허공을 탐하는 새, 뭇별의 창창함마저도 우울이 되는 새, 지나간 시간 가슴 저미는 사연이 사연이 되어 가슴 저미게 날아오르는 새, 노을 속으로 사라져가는 새, 어둠 속에서 더욱 어둠이 되는 새……그리하여 추락하는……날지 못하는 새.

수직으로 떠오른 세상이 피안에 다다르지 못하는 까닭은 스스로인 수직이 수평을 황폐한 이 세상이 황폐한 저 세상을 관조하는 탓, 한여름 밤의 꿈을 위해 바다를 향해 날갯짓하는 쓸쓸해지기 위해 허공을 날아오르려 하는 울어도 울고 웃어도 우는, 어둠 속의, 날지 못하는 새.

황사

환절기 감기처럼 황사는 느닷없이 찾아들고 흐트러지고 깨진 기와지붕 위 멈춰 선 연탄가스 배출기 초연한 눈빛으로 발목 잘린 침대, 비스듬히 누운 냉장고, 터지고 깨져 신음소리조차 내지 못하는 덩치 큰 브라운관 TV, 버리고 간 가재도구들이 나뒹구는 재개발 예정지 주인 없는 풍경을 말없이 지켜보고 있다. 구멍 뚫린 판자 울타리는 붉은 칠의 경고 팻말이 되어 거친 바람의 접근금지를 외치면서도 떠난 사람이 그립다 연신 소리를 질러대고 있고 겨울을 이겨낸 대파 쪽파 냉이싹들은 하루 한 번 볕드는 텃밭 구석에서 파란 새순을 내민다. 가진 것 없어 쓸쓸했던 시간들은 채 녹지 않은 땅을 후벼 파 퍼 나르며 우상처럼 솟아오를 도시의 풍경을 그려내고 있다. 뭣 모르고 봄볕 만끽하던 개 한 마리 불현듯 마사 가득 실린 덤프트럭을 향해 짖어대며 골목을 뛰쳐나오고 찢어진 방풍망은 아무것도 모르는 척 황사바람 휘모리장단에 펄럭이고 있다.

친구의 꿈

늦은 밤 술 한 잔 걸치고
돌아오는 길에서
우연히 만난 친구
그의 희망은 페스탈로치 테레사 수녀 같은
세상의 봉사자였다
길 없는 세상에 길이 되는 것
내 것이 아닌 것을 내 것처럼 끌고
정해지지 않은 목적지를 향해 가는 것
그것이 그의 꿈이었다
그는 지금 대리운전을 한다
그가 겪은 실패와 좌절이 엮어낸
또 하나의 봉사
내 것이 아닌 남의 목적지를 향해 가는,
저만큼의 세월로 살아오고 살아갈 그의 삶
담담하고 풋풋하게 웃어주는,
그가 비추고 나가는 어둠의 근처엔
세상을 등에 지고 살아가는
그만의 미소와 꿈이 있다

풍물시장에서

경춘선 기착지 남춘천역(흘림이나 고딕에 상관없이)으로 전동차가 들어서면 콘크리트 교각 아래 재래시장 난전亂廛은 이내 난전亂戰이 됩니다 불같은 사랑 식혀줄 에어컨과 비밀을 지키는 아치형 창문으로 치장한 모텔 입구엔 이미 과거가 되어버린 영화 포스터가 생경하고 22,900V 전주를 스치는 바람이 위험한 신음소릴 내며 대실을 경고합니다 설핏 주위를 살피던 자동차가 불끈 멈춰 섭니다 사시사철 정기세일인 전자양판점 현관을 사이에 두고 젊은 남녀가 부딪치는 절묘한 한낮의 풍경입니다

자전거 대여점 먼지 걸린 유리창엔 주인없음 팻말이 어제처럼 걸려 있고 문밖 자전거는 오늘보다 나은 내일로 달려가겠지만 내일은 언제나 오늘입니다 교차로를 지날 때 망설임은 맹독입니다 위안은 핑계를 낳고 절망하는 이 현실에 주저앉아 있습니다

전동차 여운이 교각을 흔들며 지나가고 왁자한 시장통 음률은 어제처럼 멀어져갑니다 자전거 대여점 주인은 여전히 돌아오지 않고 너무 멀리 간 자전거는 후회의 헤드라이트를 켭니다 경춘선 기착지 남춘천역 교각 아래 속절없이 모여든

사람들은 항상 내일 같기를 기원합니다 쓸쓸해진 시장 안으로
눅눅한 시간들이 지나가고 있습니다

입 다물기

말 안 하고 버텨내는 건 발가벗고
한겨울 견디는 것처럼 어리석은 일
제 가슴 속 상처 덧나는 줄 모르고
묵묵 참아내고 있는
인내란 때론 살아있는 행동이 아니며
하물며 주도면밀한 계산은
더더욱 아니다
벼르고 벼른 모양새 사나워
손바닥 비비지 않고는 견딜 수 없는
구태의 본보기, 외면할 수밖에 없는 일
공허하여 답답하고 답답한 세상
숨이 차고 구토가 난다면
허기진 날들 돌아보며 힘없는 침묵
감내하리라 다짐도 하지만
그때 내 안의 모두를 버린다는 건
참을 수 없이 고통스러운 일
결국 입 꽉, 다물고 허허롭게 웃는 것

새똥

　땡볕 이글대는 거리를 스적스적 걷다 목적지 모를 버스정류장
기둥에 비스듬히 기대 서 있다가 느닷없는 새똥을 머리에
맞았다 하필 그곳이 푸르고 푸른 새들의 뒷간이었거나
예덕선생[6]전 인분장수 엄행수였을 수도 있을 내 벗겨진 머리가
새들의 채마밭이었거나 끊어도 끊어내도 끊어지지 않는 전생의
깊은 연이 인과 됐던 간에 정수리가 영락없는 경칩 지나 눈 내린
삼악산정이다 채 녹지 않은 얼음배 설핏 떠다니는 의암호수다
허공에 삿대질이라도 할까 하다 괜히 미친놈 손가락질이나
받을 것 같고 민망하여 사방팔방 휘둘러본다 언젠가 달리던
차창 밖으로 내뱉은 욕지거리가 이제야 답으로 돌아온 것일까
넓고 높은 세상 지금껏 스쳐 지난 모든 일들의 연장선이라
생각하니 새똥도 그리 더럽지 않다

---

6) 박지원의 연암집 예덕선생전(燕巖集 穢德先生傳)

말[言]

어떤 인연으로 만나

왜 헤어져야 했는지

캐물어 알려하지 말고

서글픈 운명이라 탓하지 말고

덧난 상처 위로하지도 말며

그윽하게 참마음으로

그 속을 들여다 봐

유희의 순간일수록 곤두서던 뼈와 가시에 대하여

울 수도 없고 웃을 수도 없는

거나한 순간들에 대하여

축축한 시선들에 대하여

의식하지도 말고

서두르지도 재촉하지도 말고

오롯이

제 3 부

희망은 별빛과 같다

방생

맑은 강 중심으로
낚싯대 드리우고
신선처럼 살아보려 했는데
티끌 같은 인연의 해탈당상 노스님의 한 말씀
곡수유상曲水流觴 유유자적悠悠自適
누구의 삶도 구속하지 말라 하신다
하여 햇살 바른 깊고 푸른 물결 속으로
잡은 물고기 다 놓아 보내며
다시 만나는 그날까지
후회 없이 잘 살아보자고
그 모습 사라질 때까지
손 흔들어 배웅해주었다

헛헛하다

살 좀 빼라고
옆구리 사알짝 찔렀을 뿐인데
되돌아오는 아내의 눈길이
살기등등하다

삼십년 세월의 몫으로
새록새록 붙여진
누구도 떼어갈 수 없게
속 깊이 감추고 살아온
저 살,

참고 또 참고 살아온 날들
뉘라서 그 속 모를까 마는
결국 살 빼란 말은
함께 한 세월 버리라는 것 같아
미안하기는 한데

뾰로통한 아내의 모습에

괜한 속만 헛헛하다

생선을 팔다

가난도 유전이라는 말에
삼키던 비린내를 뱉어낸다

눈 부릅뜨고 바라보는,
미끄러져 손아귀를 벗어나려는
죽어 절여진 생선을
기어이 배 가르고 목을 내리치는 잔인함

대대손손 이 세상 누구보다
넉넉한 생을 살아가길 바라며
살 속 숨어있는 가시가
목구멍에 걸리지 않기를 빈다

꿈이 아닌 것이 천만다행이다
삭막한 현실인 것이 그나마 다행이다
탕진할 마음의 여유조차 없는 남루한 오늘,
삶은 윤회되지 않음을 십자가처럼 믿는다

바늘에 찔린 풍선의 허무처럼
바람을 타는 유희의 설렘처럼
아쉬움과 대견함 사이의 기대감
아버지의 처절한 삶도 나 때문이었을까

어머니의 새

어쩌다 다녀가시던 장성한
자식들 집 일일이 돌아보시며
걱정하지 마라
어미보다 아비가 먼저 갈 거다 하시던
아버지

새털 같은 날
새털 같은 남
작명 사주 삶의 길흉화복 보아 주시던
아버지가 돌아가셨다
새가 되어 날아가셨다

편도 2차선 빠르게 가려했던 건 스물여섯 팔팔한 청년
그가 운전한 자동차인데
길지 않은 생 예지하시던 아버지가 돌아가셨다
중풍과 치매 겹쳐 앓는 어머니의
새가 되어 날아가셨다

사랑은 어느 순간 날아서
먼 하늘 순항하다가
때 되면 돌아오는
새들의 회귀와 같다 하시던 아버지

유리창 밖
보이지 않는 인연의 줄
옅은 바람에 흔들리는 그 줄에
새 한 마리 날아와 앉아
몸 한쪽이 굳게 닫힌 어머니의 방
내부 깊숙한 곳을 지켜보고 있다

추억배달

나는 소파에 기대 TV를 보고 있고
아내는 다소곳이 빨래를 개고 있다
바람이 살랑 베란다 창을 열고
아내와 TV 사이에 앉는다

어쩜 아련한 추억
바람의 결을 타고 창을 두드릴 때
아내는 유년의 강을 건너기 시작했고
내가 손잡아 주었을지도 모를 일이지만

고요가 소리를 삼키고 있다
TV속 웅성거림과 상관없이 바람은
아파트 베란다 창으로 끊임없이
제 몸을 부딪쳤을 것이고

온종일 푸르게 일렁였을 추억은
기꺼이 바람에 몸을 맡겼을 것이다
순간 고요의 앙다문 입술은 단단해지고

때 아닌 정적이 아내와 나를 가두고 있다

침묵과 침묵, 공간과 공간 사이
어색해 하거나 지루해 하지 않을
고요가 아내와 나 사이로
추억을 배달하고 있다

희망은 별빛과 같다

칠흑 같은 어둠 사이로 무수한 별빛
은하수강이 되어 흐르는 밤
아내와 함께 산책을 나왔는데
군대 가 있는 큰 아이에게서 전화가 왔다
그라운딩 됐는데……난 괜찮아요
아쉽고 슬픈 마음 애써 감추고 오히려 위로해 주는 아이,
오로지 파일럿이 꿈이었던 아이에게
지상근무를 명받는 순간의 절망은 어떠했을까?
캄캄한 어둠을 비춰주는 흐르지 않는
희미한 별빛 혹은 그 별빛을 바라보는 안타까움
어쩜 실패할 수도 있는 그저 그런 생의 한 순간이었으면,
수직으로 비상하는 초음속 삶을 간절히 바랐지만
삶이란 수평으로 흐르는 평생의 강을 건널 때 아름다울 수
있다는 것을 터득해야 하는 아이,
실의에 빠져 있으면서도 부모의 마음을 보듬는
어둠 건너편 일상의 소소한 행복도 배워야 하는 아이에게
희망은 우주를 공전하는 별빛과 같다는 걸 전해 주며
잘 키웠다, 는 생각에 뿌듯해지는데

느닷없는 별,
아이의 머리 위로 무수히 쏟아져 내리는 건!

나비효과

감춘 건 비밀이 될 수 없어 들춰지고야 말지 기억들이 생생하게 떠도는 공간 백발의 남자와 남자를 떠난 불혹의 여자가 함께 하고 있어

절하려 했을 때 아버지는 없었고 어머닌 아버지의 맏아들 같은 남자에게 재가를 했어 뭘 모르던 나는 온 동넬 개 뛰듯 뛰어다녔어 시간은 미친 척 흘러갔어, 아버지 아버진 아버질 사랑하지 않았던 시간들을 용서할 수 있나요?

칠흑 같은 밤, 바람도 없이 휘청대는 뒷산 밤나무 숲 부엉이 놀라 휘둥글어진 눈으로 연신 울어대고 있었고 홀로 암자를 지키는 여승에겐 언제 찾아올지 모를 파계破戒의 남자가 있었어 대웅전 법당엔 당장 덤벼들 것 같은 포효하며 서있던 호랑이… 그날 밤 그녀의 불경소린 떨리듯 물결쳤어… 멀리 새벽 첫닭이 울고 보내는 이 없었지만 떠나야 하는 건 나였어

세상엔 슬프지 않은 건 없어 슬퍼하지 않으려 할 뿐, 어머닌 아버질 버리고 나는 버려진 아버질 위해 세상을 달려야 했어

감추기 위해 뛰었고 지키기 위해 참아야 했어 넘어지고
쓰러지고 자빠지고… 잊히지 않는 상처보다 더 아프게
되살아나는 기억, 아버지만을 바라던 여자와 속죄하던 어머니,
아련해지는 기억 속 확연해지는.

물레방아

　그것은 아버지가 가져다 놓은 물레방아라고 청상으로 늙은
어머니 돌아가기 며칠 전 등창의 고름을 긁어 짜낼 때 아픔을
참아내며 말씀하셨다.

　시간은 어느 새 삼도천 어귀에 이르러 있고 아버지 닮은 내가
앉아있다.

　기다려도 어머니는 오시지 않는다.

부부싸움

도대체 지는 일이 없다
양보하는 일이 없다
나의 바람은
너의 기대는
얽히고설킨 말의 잔가지들이
꺾이고 꺾여 버려지고 있다

가슴이 상처 받지 않도록
말없음표 꾸욱 찍고
베란다 창문을 연다
왜 이리 별들은 반짝이는지
왜 이리 겨울밤 공기는 차가운지

담배 한 대 피워 물고
하늘로 연기 실어 보내며
아내가 듣지 않게 중얼거린다

조금만 더 사랑하면 사람 잡겠다

무얼 먹고 사느냐 묻기에

태어나서 자라고 머물러 눌러앉은 춘천이란 도시

도농통합 전이나 후나 인구 30만 넘기기 하늘에 별따기 같고 먹고 산다는 게 번거롭고 힘에 부친지라 차제엔 떠나볼까 했는데

소양댐 춘천댐 의암댐 물길 막힌 데다 시시때때 안개가 숲을 이뤄 사방이 미로이고

삼악산 금병산 대룡산 오봉산 용화산 북배산 첩첩이 병풍 산중이라

이도 저도 못하고서 막막히 앉았는데

오랜만에 만난 친구 슬며시 건네는 말

답답한 사람 불빛조차 없는 막막한 이곳에서 무얼 먹고 사느냐 묻네

하 민망하고 억울하여

해마다 5월이면 아카시아꽃 진달래꽃 미친 듯 퍼드러지고 9월이면 닭갈비·막국수 축제 열리니 먹을 것 없을까 하려다가 유치하고 우스운 지라

천지사방 강이며 물이니 퍼내도, 퍼내도 줄지 않는 정을 먹고 산다 했네

가려 해도 떠나려 해도 막아서는 안온한 산이 있어 이곳에
사는 사람들의 넉넉한 마음을 먹고 산다 했네
가진 것 없어 우울하고 외롭다 해도
아내가 꿈꾸는 주방 창밖으로 보이는 푸르른 하늘
내일을 먹고 산다 했네
구불구불 옛길 따라 산 가듯 바다 가듯
둥글둥글 산다 했네

그렇게 하기로 하지

추운 날엔 바람까지 불어 발 동동 구르게 하고 슬그머니 눈꽃은 허공으로 피어나지, 날개 없는 나뭇가지 울며 숲으로 돌아가고, 나는 눈 내리던 날의 짧은 교행을 추억하지, 절묘하게 스쳐가고 스쳐간 사람은 뒤돌아보는 법이 없지, 함께 하지 못하는 사랑은 멀어지고, 어설픈 이해보다 적당히 유지되는 간격, 담담한 무관심이 차라리 정겨워지는 순간이지

취하지 않고는 견딜 수 없는 날, 취한 날의 기억을 되살려 취한 듯 지껄여대지, 외로움이라니(이런 뭉클함이란), 문득 쓸쓸했던 과거와 찬란할 미래의 유한함에 대하여 생각하지, 눈꽃은 다시 난분분 날고 숱한 사람들과 직선으로만 달리는 자동차와 소문처럼 휘어진 언어들이 어울리며 휩쓸리며 지나가지

춤추는 것들은 휘청거려도 아름답지, 나뭇가지는 흔들리고, 나는 나뭇가지의 신음소릴 언제까지나 기억하지, 흔들리는 건 오늘 취할 수 있는 유일한 위안 혹은 핑계, 바람은 어제의 약속 대로 오늘을 가기 시작하고 지평선 위에서 바라본 지평선의

끝은 지평선의 끝이 될 수 없겠지만 다가갈 수 없을 땐 그냥 끝이라 생각하기로 하지, 낯 설은 희망은 포기하기로 하지, 낙서처럼 세월이 약이라고 휘갈겨 쓰기로 하지, 다신 외롭다는 생각은 하지 않기로 하지

시詩

어제보다 나은 건 오늘이고 오늘을 건너면 무한한 내일입니다 오늘에 걸터앉아 시詩를 읽고 내일에 들어 시詩를 씁니다 무수한 생명들이 창조되고 덧없이 사라집니다 한 수의 시詩엔 내일을 한 수의 시詩엔 허무를 담아 건배합니다

어디에선가 고요의 함성이 들려옵니다 정적이 깨질 때 나는 속절없이 허둥댑니다 누군가 희생하며 세상을 살아갑니다 고로 존재합니다 딱히 하고픈 말 하지 못할 때 침묵은 더없이 고귀합니다 저물녘 어둠에게 "너의 말은 너무 진지해" 속삭입니다 어둠의 미소는 잔잔하나 괴괴합니다 어줍은 평화의 강을 건너는 새벽 입니다

고백 같은 내 말이 식상해질 때 서풋 읽은 시詩는 유년의 기억처럼 지워집니다 휘어져 흐르는 소문처럼 나는, 유연하게 어둠을 걸어 고요로 걸어갑니다

바람 부는 오후

굵은 밑동에서 가는 핏줄 잔가지에 이르기까지 이파리 하나
매달지 않은 은행나무가 흔들리는 풍경, 하늘은 겁나게 푸르고

유연한 청설모 가지에서 가지로 구름을 따라 이동하네
시간을 밀어 올리는 태양은 그림자로부터 점점 멀어지고
그늘은 꽝꽝, 제 머릴 들고 쳐도 깨지지 않을 만큼 단단해지네

주차장은 넉넉하여 적당히 간격을 유지하지만 직사각형은
고지식해 휘어보려 하면 부러져 버리네

바람을 짊어진 나는 살포시 언덕을 올라 엊그제 살짝
놓아버린 정신줄을 어르네 지붕 위를 빙빙 도는 치마연처럼
간지럽네 바람 부는 오후 자꾸 웃음이 나네

회귀에 대하여

이를테면 소용돌이를 벗어난 온갖 먼지와 티끌들이 지상을 향해 낙하하는 혹은 거센 파도에 휩쓸린 물고기가 고난의 여정을 지나 지느러미 유유히 흔들며 강어귀로 되돌아오는,

올 때는 마음대로 왔지만 돌아갈 길 잃어버린, 자신이 선풍기인 줄도 모르고 바람의 중심을 따라 돌고 있는 날개는 돌지 않고는 견딜 수 없는 당신 삶의 요요현상, 뜬금없이 흐르는 눈물에 당신을 떠올리는 일천한 내 생전의 사랑이야기는 당신의, 당신에 의한, 당신을 위한 기막힌 문장 한 줄,

함께 했던 33평 아파트 평수를 투전판 족보로 생각했는지 팡팡 돌아가던 F · F type 보일러의 발음을 fuck & fuck으로 시작한다는 것에 '돌아오지 않을 당신' 전부를 걸었음에도 불구하고 여전히 뜨거운 물 펑펑 쏟아내고 있다는 것, 화장실 벽 작은 액자 속 풍경이라도 충분히 행복할 수 있다는 것인지 알수 없지만 떠나는 뒷모습 보이기 싫은 그리운 시절로 되돌아온다는 당신의 강력한 의지,

되돌아간 줄 알았던 되돌아보는 시간, 기껏해야 일상으로
다시 돌아온 길 위에 서있는 우리의 깨지 않을 꿈.

긴급조치

　나의 하루일과는 꽃과 바람과 구름과 햇살의 대화를, 고양이와 새들 매미와 다람쥐와 청설모, 움직이는 온갖 것들의 행동거지를 감시하는 일이다 개미는 장마를 피해 어디로 가는지 갈대는 왜 사람의 등 뒤로 쓰러지는지 물 위로 꽃대를 밀어 올리는 연꽃의 사연은 무엇인지 강물은 왜 선 채로 흘러가는지 수시로 변하는 초록의 비밀은 뭔지 일일이 기록하여 빈틈없이 보고하는 일이다 익숙하게 행동 하나하나를 스캔하고 송신해야 한다 필요하다면 저들을 잡아 족치는 일도 마다하지 않을 것이다.

　무심히 지나가면 그뿐일 테지만 면밀히 저들의 생태를 살펴보면 기막히다 천적이 되어 서로를 견제하기도 하지만 희소가치를 인식하여 개체수가 많아질 것 같으면 제 몸에 병을 만들어 스스로 고사하거나 소멸한다 긴급조치의 직접적인 원인이기도 하지만 저들의 욕심 없는 행동이 사람들의 일상으로 스며들어 더욱 저희와 친밀케 하거나 감히 내치지 못하게 하여 소박한 삶을 살게 하며 심지어 생의 일과를 마친 사람들을 저들의 품으로 들게 하여 안식케 한다.

사람의 욕심 때문이다, 필요악이다, 라는 말들이 빈번하게 충돌했지만 골목골목 작은 집 정원에 이르기까지 푸른 유의사항과 붉은 벌칙이 적힌 긴급조치 전단이 붙여지거나 뿌려졌다 이를 위반한 몇몇은 내쫓기듯 떠나갔고 낙엽처럼 떨어져 흩어졌다 새들은 떼를 지어 고향으로 돌아갔고 잘린 나무들은 말라 비틀어져 버려지거나 겨우 일용할 용도로 쓰여졌다 고양이는 어수선한 볕과 그늘을 옮겨 다니며 부족한 잠을 청했고 청설모는 잣나무를 바삐 오르내리며 겨울양식을 옮겨 날랐다 가끔 떠나지 못한 새들이 날아와 앉아 둥글게 자랄 나무의 푸른 날을 기억하려 애썼다 사람들은 따뜻한 집 대들보 앞에서 축하주를 들며 익숙하게 웃고 있었다 유난히 뜨거웠던 57번째 생일이 지난 초가을의 일이었다.

견우와 나

견우, 첫돌 지난 애완견 시베리안 허스키의 이름이다 아내에겐 일 년에 한 번 상상 속 해후로 다가서는 첫사랑 견우牽牛쯤, 딸과 아들에겐 소통이 잘 되는 개친구 견우犬友다 전생 연인쯤이었던 나는 엽기적인 그녀의 어수룩하고 궁색한 견우쯤, 그놈은 수놈 전지현이다.

달의 피부를 닮은 겨울왕국 얼음궁전으로 피서 데려간다는 아내의 말을 곧이들었을 리도, 아버지보다 더 잘 이해해줘 고맙다는 딸아이의 말에 현혹됐을 리도 없지만 견우는 가족들만 좋아한다 견우의 존재가 과시욕과 신분상승에 일조해서 그런지 아내도 견우에게 지극정성이다 나는 고작 같은 통로 아래 위집을 돌며 개소리가 커서 죄송하다 읍소하는 것이 전부다 목줄을 엮어 묶고 배변봉지를 챙기고 산책을 나서면 얘들은 좋아 뛰고 아내는 미소를 짓는다 끌려가지 않으려 애쓰는 내 모습이 그리 좋을까 저들에겐 상관없는 일일까?

그놈의 편애가 얼마나 심한지 하마터면 이런 개새끼! 라고 소리 지를 뻔했다 한 살치곤 발육이 좋아 껑충, 두발을 들면 어디서 묻혀 왔는지 출근복 상의에 대칭 에칭 무늬잉크로 자신의 영역을 표시하고 자신과 내가 동급으로 취급되는 것에 선을 그었다 한마디로 서열이 위라는 거다.

일 년쯤 더 지나면 놈의 키도 나만 해질 것이고 투실한 몸에도 제법 근육이 붙을 것이다 만만한 나를 보면 먼저 다가서 두 발 들고 덤빌 것이고 가끔은 큰 소리로 꾸짖을 것이다 나는 그저 외면하고, 외면하고, 외면할 것이고 끌려가지 않으려 애쓸 것이다 저 놈의 용맹이 싹수없는 만용이라면 나의 굴종도 쓸데없는 치욕이겠지만 그래도 위안하여 할 말은 있다, 아내여 딸과 아들아, 이것이 아버지의 삶이다.

어제이고 싶은 까닭

　어제, 당신은 내게 지극한 현실일 수 있었지만 내일 나는 당신과의 이별을 기약해야 합니다 어제의 나는 당신을 그리워했지만 내일의 나는 당신의 권태에서 손을 놓아야 합니다 어제의 나는 당신을 사랑했지만 내일의 이별을 예비하는 하염없는 오늘에 서 있습니다 오늘이 지나면 기어이 당신은 떠나고야 말 터 나의 슬픔은 내일이 기원입니다 나는 어제가 되기 위해 내일로 가는 오늘, 내가 어제이고 싶은 까닭은 내일의 당신을 그리워해야 할 하등의 이유가 없기 때문입니다 오늘 곁에 있는 당신이 마냥 그리운 나는 내일을 향해 걸어갑니다

명예퇴직

지나온 날들이 섭섭하기도 하여 되돌아볼까 하다가 지금의 처지를 생각하여 씁쓸하게 관망하였다

일주일이 하루 같고 내일이 오늘 같다 엎친 데 덮친 격이고 가슴이 두근대니 귀까지 먹먹한 지경이다

나는 처음과 끝, 중간과 중간을, 살아온 날과 살아갈 날을 이어주는 매개자였다 아내는 후려치는 법과 바가지 긁는 법에게, 아이는 이겨야 하는 법과 살아남는 법에게, 친구와 동료들은 언젠가 누군가의 선례에게 위로 오르는 법에게 연결해 주었다 연결해줄 때에는 정직한 주관도 공정한 객관도 배제해야 한다 이런 사실을 인지한 대가로 오늘까지 버텨왔지만 기꺼이 내려놓는다

노을에 이어지는 저물녘이 붉다 어둠에 이어지는 불빛, 찬란한 고요, 다시 이어지는 새벽, 드디어 새로운 시작이다.

제 **4** 부

사막의 밤

우두커니

  겸손하게 익어가는 가을들녘 일렁이는 두둑과 이랑 사이 새 날아가는 창공 멀거니 바라보는 허수아비

  고추밭 고랑 멀대 같이 키가 큰 붉은 수염 달고 서 있는 늙은 옥수수 대궁

  허공의 중심을 향해 날다 횃대 위 물끄러미 내려앉은 고추잠자리

  뒷동산 소나무 전나무 떡갈나무 도토리 한 알 냉큼 떨어뜨리고 모른 척 바람에 몸 흔드는 상수리나무

  풍경에 취한 듯 미동조차 없는,
남자.

바람의 이야기를 듣는 법

신매대교 지나 춘천댐으로 향하는 길목

서면 서상리 271-3번지

늙은 목회자의 예배당이었다가

소신공양 중년부부의 숯가마였다가

이젠 공허한 바람만 찾아드는,

흐르는 강을 막연히 바라보는

낡은 집이 있다

십자가로 서있는 종탑과

아물지 않은 상처처럼 잔해가 고스란히 남아있는 가마터

내가 나를 밀어내지 않으며 우리가

우리를 흔들지 않는 바람의 이야기

미워하지 않으니 등 돌릴 리 없고 바라는 것이 없으니

굳이 밀쳐낼 일 없는,

다만 고요를 깨우는 창문의 흔들림에 소스라치거나

셀 수 없는 별들의 숫자와 창백한 달빛에 취하는 것

강물을 따라 오르다 사람 없는 십자가 종탑과

탈 것은 다 타버려 잔해만이 남아있는 스산한,

한때 숯가마였던 그 집에 들어가면

흐르는 물소리와 더불어 밤 새워 뒤척이는
바람의 이야기를 들을 수 있다

안개

뒷모습이 아름다운
그녀가
보일 듯 말듯
돌아오지 않을 새벽을 건너갔다

강변을 따라 서있는
버드나무 숲은 미동조차 없었고
빈약한 용기는 주머니 속 땀이 찬 손처럼
어찌할 바 몰랐다

흐르는 강물이
이별을 전하지 않았듯이
언젠간 떠나야 하는 것임을
끝내 말하지 않았던,

분열을 계속하던 세포처럼
그리움은 범람하여 아침을 향해 내달리고
안개는 여린 숲이 되어

강둑 사이를 떠다니고 있다

붉은 시집

정현우 시인의 두 번째 시화집
"그리움 따윈 건너뛰겠습니다" 출판기념회에서
언제 만날지 모를 여인의 이름을
시화집 속표지 시인의 싸인 앞에
써, 넣었습니다
때늦은 설렘이 부끄러운 것인지
걸맞지 않게 달떠있는 내가
어리석은 것인지 구분할 수 없었지만
노란색 시화집 표지가 자꾸
붉어 보였습니다

추억

　　마른가지 사이로 초승달이 걸리면 어스름 짙어가는 어둠 속으로 당신을 찾아갑니다 혹여 아니 계실지 모르지만 부르는 목소리에 나는 따뜻해지고 위안을 느낄 테지요 당신이 돌아오고 있는 동안 애써 지웠거나 잊힌 기억들을 다시 새기거나 무한하지도 않을 얘기들을 주섬주섬 챙겨 넣기도 하겠지요 하필 땅거미 진 어둘 무렵 찾아왔느냐 물으실지 모르지만 나는 각인될 어떤 이유도 가지고 있지 않음을 당신은 이미 알고 있습니다 어느 날 문득 뒤돌아볼 겨를도 없이 바삐 지내온 날들 속에 그대와 함께 했던 시간들이 아득해지고 있습니다

지평선 앞에 서면

삶의 꼭짓점에서
광활한 바다의 끝까지
산의 정상 너머의 경계까지
끝없이 이어진 선의 끝을 따라가다 보면
불같은 해가 떠오르고
노을은 푸른 강물에 잠기어
그리운 이의 얼굴을 담아내고
어둠은 다가와 바람의 소리로 추억을 헤이는
둥근 풍경들을 볼 수 있다
모나지 않은 얼굴들이다
어색하지 않게 강물이 되고
바다가 되고 하늘이 되어
어느새 세상 하나 되어 가는
지평선 앞에 서면 나는
그립지 않은 것이 없다

이별할 때는

잔잔한 강물에
돌을 던지겠습니다
거대한 파문에 일어설 수 없게
매정하단 말 꺼낼 수 없게
아픔 느끼지 못하게
눈물까지 말라버리게
뒤돌아보지 않고
사랑한다는 말
들은 체도 않겠습니다

회상

　외면하려 해도 다가서요 볼 낯도 없는데 위안이 되네요 잊었다 해도 슬퍼할 일 아니지만 부정할수록 상처는 덧나고 상심은 커져가요 바람소린 왜 이리 큰지 벼르고 벼른 말들이 그냥 쓸려가 버리네요 무심히 지나는 말도 한때는 상처였지요 누가 누구에게 따위의 말들은 다소곳하지도 않았죠 스스럼 없다는 것도 가식이었고 오랜만이란 말도 생소했어요 태연한 척하면서도 며칠 끙끙 앓아누웠죠 누군가의 눈길 의식했었나 봐요 절실했지만 고백할 수 없었고 뒷모습 바라보며 쓸쓸하게 웃었죠 쓸린 상처도 때론 힘이 되네요 생생하게 기억되는 지난 밤 꿈처럼 다시 기대도 돼요 실없이 웃음이 나네요 어수룩 한 시간도 지나고 나면 성숙해지나 봐요 바람이 자고 있어요 바람이 불면 옛길 따라 가고 싶어요 흩뿌리는 안개비 언덕 너머 누군가 걸어오고 있겠죠.

참 오랜만이란 생각이 듭니다

홀로 누워 내가
날 끌어안습니다
참 오랜만이란 생각이 듭니다
내가 날 끌어안은 것이 오랜만인지
외롭다는 생각이 오랜만인지 헷갈리기도 하지만
만남과 이별을 되풀이 하며
사랑과 미움을 판가름해야 한다는
사실이 눈물겹습니다
불 끄고 누운 천정으로
가물가물한 얼굴들이 스쳐 지나갑니다
보고 싶습니다
누가 왜 그리운 것인지
또 헷갈립니다
작정한 마음이라 그냥
끌어안고 놓지 않습니다
그리움도 참,
오랜만이란 생각이 듭니다

사막의 밤

　지루한 여정이었어요 발은 푹푹 빠지고 가도 가도 모래뻘이었어요 숲에 들어 길을 찾는 것처럼 신기루를 찾아 헤맸지만 길 잃은 사막의 밤은 너무 추웠고 어둠에 싸인 별들의 눈동자만 반짝거렸어요 어제, 당신의 슬픔이 되었던 낙타[7]는 바람을 등지고 당신만을 태운 채 떠나버렸고 마른나무 가지 위에선 독수리 한 마리가 남겨진 나를 지켜보고 있었어요 신기루가 존재하지 않는다 는 건 이미 알고 있었지만 모래언덕 아래 겹겹이 싸인 어둠 속에선 꽃 한 송이 피어났어요 잠들 수 없는 밤의 신기루 같은 꿈이었어요 당신을 떠났으므로 당신밖에 모른다는 당신의 전언이 바람을 타고 들려왔지만 소용없는 일이었어요 되돌아가기엔 먼 길을 달려왔거 든요 갈 길은 아직 많이 남아 있었지만 어디로 가야 할지 모를 사막의 밤이었어요

---

7) 문경렬 시인의 "쌍봉낙타"에서 빌어옴

낙엽을 쓸며

햇살이 마냥 좋은
늦은 시월의 정원
등판 널찍한 사내
듬직한 송풍기를 짊어지고
이슬 먹은 낙엽 밀어내고 있는데
기억조차 가물가물한
삼십여 년 전의 가을
인연이 아니라는 이유로
밀어내기만 하던 그녀
세월이 약이라
깨끗이 잊은 줄 알았는데
바람에 밀려 되돌아오는
낙엽을 보며
추억은 쓸어내도 쓸리지 않는다는 걸
새삼 깨닫고 있네

응시凝視

그윽한 미소입니다
일렁임 끊이지 않는 선입니다
투명한 길을 걷고 있는
묵언黙言의 수행修行입니다

그대를 담아내는 호수입니다
잔잔히 차서 넘치는 고요의 물
그 속으로 빠져드는 그대입니다
그 속을 유영하는 나입니다

부드러운 침묵입니다
멀리서 바라보는 자존심입니다
몰래 앓는 상사의 병,
끝없는 그리움입니다
당신의 눈빛에 붉어지는 수줍은 내 얼굴입니다

흐르지 않는 시간이며 잔잔한 묵시黙視입니다
잊히지 않는 추억입니다

아무도 모르게 훔쳐보는, 당신의 비밀입니다
당신에게 향하는 참 나입니다

시詩 읽는 밤

경계를 뚫고 누군가
어두운 방
창문을 열고 들어오고
바람은 주위를 둘러보듯
펄럭거리고

바람에 쓸린 얼굴은 붉어지고
찰나에서 자라는 정적
그 진지함

엇갈린 인연의 안부가
불현듯 그리워지는
하루의 끝자락
오늘의 일기장에 계명을 쓰고 갈 이
분명 찾아오겠지만 밤은 짧고
어두워 분간할 수 없고

촘촘한 행간에 남겨진

간간한 이야기는 굴절되어
내 작은 방을 흔들어 놓고
읊조리던 몇 구절의 詩로 지루한
시간의 허기를 채우는 밤
누군가 또 창문을 열고 들어오고
바람은 펄럭거리고

여정

메마른 땅을 지나다보면
안개가
지나온 길을 지우고
황사가 앞을 가립니다
어스름 깃들 때까지
사라진 길을 찾아 헤매다
천연덕스럽게 나는
지날 만큼 어둠이 깔린
길로 접어들어
기착지의 문을 두드립니다
멈출 수 없는 걸음에 눈물이 납니다
찾아 나선 건 길이 아니라
안식입니다
행복이 어디 있는지
아직 모릅니다
멀리 보이는 달빛에
그림자가 어립니다
오늘밤엔

깊은 잠에 빠지고 싶습니다

시간은 지나가고

이게 아닌데 하면서
그가 졸고 있다
창밖, 첫눈은 하염없이 쌓이고

기다림이란 사랑한다는 말의 묵음黙音 혹은
의지와 상관없는 쓸쓸함의 연장선
누군가 다가와 슬며시 안아줄 때까지
옆구리를 쿡, 찌를 때까지
등짝을 사정없이 후려칠 때까지
저 안의 저를 누르고 또 누르는 것
속절없이 위안하는 것

툭, 걷어차인 위로가 사방천지 흩어져 구르고
시선들이 그를 향한다

어깨에 수북이 쌓이는 첫눈
기다림의 고단함을 툭, 툭, 털어낸
시간은 또 지나가고

징조

달빛은 태양을 가리고 되살아나는
냉혈한冷血漢
어둠은 현장을 감추려는 음흉한 공범자
나 그댈 고발치 않으리라는 별빛은
기나긴 시간을 지나는 유일한 방관자
달빛은 끝끝내 차가운 침묵을 비출 것이고
소슬한 바람은 은밀하게 불어
앙상한 나뭇가지의 이파릴 떨굴 것이다
나무 밑을 지나는 이 쓸쓸할 것이며
몰래 지켜보는 이
새벽을 보지 못할 것이다
라는 경고의 말 끝나기 무섭게
발길 닿지 않는 먼발치로
별똥별 스치듯 떨어져 내리고,
거대한 일들이 벌어지고야 말 것 같은
이 밤,

가을이 소리 없이 깊어가고 있다.

버티는 법

느지막이 일어나
꽃 피어진 풍경 슬쩍 바라보고
부는 바람의 줄기를
사정없이 꺾는다
귀를 막고
모자를 푹 눌러 쓴다
어제 일기를 땅바닥에 휘갈겨 쓰고
지나는 시간을 향해
팔뚝질 한 번 하고
어림없는 일이라고 넌지시 알려준다
어느새 어둠이 올 즈음
무수한 별들 중 하나
무리에서 떨어져 허공을 비행한다
돌아갈 길을 향해
발걸음 슬며시 내딛는다

향수하는 시간, 욕망하는 시간,
존재에 대한 사유

박 해 림

향수하는 시간, 욕망하는 시간,
존재에 대한 사유

박 해 림

(시인 · 문학박사)

　지나온 시간은 지나갈 시간을 앞질러서 우리 앞에 머문다. 잠시 머무는가 싶다가도 다시 미래라는 이름표를 달고 숨 가쁘게 달아난다. 아니, 머무는 것도 달아나는 것도 다 지나가기 위해서 잠시 포즈를 취할 뿐이다. 정중화 시편들은 대체로 이러한 시간과 시간 사이에서 호흡한다. 시편들의 면면을 살펴보면 시간을 앞지르고 싶은, 시간을 저 멀리 떼어놓고 싶은, 시간을 앞서 보내버리고 싶은 간절함과 아쉬움 그리고 욕망으로 가득 차 있다. 이때 모든 시간 안에 내적으로 함축된 존재는 때로는 선명하게 때로는 불투명하게 시간의 무늬로 각인된다.

일찍이 아우구스티누스를 사로잡았던 '도대체 시간이란 무엇인가'에 대해 폴 리쾨르가 되풀이한 것을 이 시집에 적용시켜본다. '도대체 시간이란 무엇인가? 아무도 나에게 그 질문을 하지 않을 때에는 나는 알고 있다. 그러나 누군가 나에게 그것을 묻고 내가 그것을 설명하려 한다면 나는 더 이상 알 수 없다'라고 말이다. 시인은 시간에 대해 매우 민감하다. 지난 일들의 비가시적 시간을 형상화하는, 시인만이 갖는 이야기의 특성은 일상의 기억을 통해 존재의 사유에 천착한다. '시간은 서술적 양식으로 엮임에 따라 인간의 시간이 되며, 이야기는 그것이 시간적 존재의 조건이 될 때 그 충만한 의미'에 이른다고 본다면 이 시집의 특성과 잘 맞는 듯하다.

1. 체화된 시간 —향수하기

기억의 무늬에 새겨진 지난 시간, 어제, 라고 불리는 시간은 시인에게 있어 오늘의 시간이다. 현실의 시간이 되어야 한다. 체화된 일상은 늘 현재의 시간이며 현실의 연속이기 때문이다. 잡으려들면 곧 사라지고 만다. 그러니 그대로 놓아두어야 한다. 빠르게, 느리게, 천천히, 그리고 아무 일 없다는 듯이 능청을 떨며 지나가는 시간은 수많은 발톱을 가지고 있어서 숱한 흔적을 남기기도 한다.

어제, 당신은 내게 지극한 현실일 수 있었지만 내일 나는 당신과의 이별을 기약해야 합니다 어제의 나는 당신을 그리워했지만 내일의 나는 당신의 권태에서 손을 놓아야 합니다 어제의 나는 당신을 사랑했지만 내일의 이별을 예비하는 하염없는 오늘에 서 있습니다 오늘이 지나면 기어이 당신은 떠나고야 말 터 나의 슬픔은 내일이 기원입니다 나는 어제가 되기 위해 내일로 가는 오늘, 내가 어제이고 싶은 까닭은 내일의 당신을 그리워해야 할 하등의 이유가 없기 때문입니다 오늘 곁에 있는 당신이 마냥 그리운 나는 내일을 향해 걸어갑니다

— 「어제이고 싶은 까닭」 전문

어제와 내일은 오늘을 위해 존재한다. 세상의 모든 사건은 내일이 어제가 되는 것 같지만 시인은 오늘을 위해 존재한다고 단언한다. '어제, 당신은 내게 지극한 현실일 수 있었'다고 고백하는 것은 내일을 위해서다. '이별' '그리움' '권태' '사랑'이라는 시어는 과거의 시간을 가졌다. 오늘의 정점을 이루며 내일로 돌진한다. 이미 내 곁에 있는, 체화된 어제는 당신을 향한 사랑이며 그 사랑은 비록 내일이 오더라도 절대 이별하지 않을 것이라는 신념이 배어 있다. 하지만 시인은 '오늘이 지나면 기어이 당신은 떠나고야 말 터' 하며 내일이 오는 것을 두려워한다. 왜냐 하면 내일 역시 오늘을 위해 존재하기 때문이다. 내일은 절대 오지 않을 것이기 때문이다. '나는 어제가 되기 위해 내일로 가는 오늘, 내가 어제이고 싶은 까닭은 내일은 당신을 그

리워해야 할 하등의 이유가 없기 때문입니다' 라고 실토한 것은 이러한 연유이다. 그러니 당신은 절대 어제일 리 없는 '오늘 곁에 있는 당신' 이 된다. 시인의 그리움은 바로 오늘에 있다.

가난도 유전이라는 말에
삼키던 비린내를 뱉어낸다

눈 부릅뜨고 바라보는,
미끄러져 손아귀를 벗어나려는
죽어 절여진 생선을
기어이 배 가르고 목을 내리치는 잔인함

대대손손 이 세상 누구보다
넉넉한 생을 살아가길 바라며
살 속 숨어있는 가시가
목구멍에 걸리지 않기를 빈다

꿈이 아닌 것이 천만다행이다
삭막한 현실인 것이 그나마 다행이다
탕진할 마음의 여유조차 없는 남루한 오늘,
삶은 윤회되지 않음을 십자가처럼 믿는다

바늘에 찔린 풍선의 허무처럼
바람을 타는 유희의 설렘처럼

아쉬움과 대견함 사이의 기대감
아버지의 처절한 삶도 나 때문이었을까

　　　　　　—「생선을 팔다」 전문

　현실은 녹록치 않아서 어제도 오늘도 비장하다. 그러나 내일
비장하지 않기 위해 화자는 '죽어 절여진 생선을/기어이 배 가
르고 목을 내리' 친다. 그리고 싶지 않은 여린 마음은 '잔인함'
이라는 성찰의 표현으로 속죄한다. 사람이 생계를 위해 그깟
생선을 토막 내고 배를 가르고 내리치는 것을 합당한 현실로
여기며 당연시하는 것을 화자는 무척 힘들어한다. 그것은 '가
난도 유전'이라는 것에 울컥해서가 아닐까. 누군가에 의해 각
인되어진 '살 속에 숨어있는 가시' 같은 '삭막한 현실'을 울컥
하고 싶은 것이다. 이 모든 것은 '탕진할 마음의 여유조차 없
는 남루한 오늘/삶은 윤회되지 않음을 십자가처럼 믿고' 싶은
현실이다. 어제가 아니다. 내일도 아닌 오늘일 뿐이다. 화자에
게 체화된 과거이면서 오늘인 것이다. '아버지의 처절한 삶도
나 때문이었을까'를 마지막 행에 배치한 것은 생선을 파는 행
위에 은유된 현실이 오직 '넉넉한 생'이기를 염원하는 간절함
때문이다.

　　뒷모습이 아름다운
　　그녀가

보일 듯 말듯
돌아오지 않을 새벽을 건너갔다
(중략)

언젠간 떠나야 하는 것임을
끝내 말하지 않았던,

(중략)

안개는 여린 숲이 되어
강둑 사이를 떠다니고 있다

— 「안개」 부분

　화자의 기억은 그녀의 '뒷모습'에 있다. 과거이다. 현실의 앞
모습을 차마 마주할 수 없었던 화자의 여린 마음은 '돌아오
지 않을 새벽을 건너간' 그녀에게 온통 기울어져 있다. '햇살이
마냥 좋은/늦은 시월의 정원/등판 널찍한 사내/듬직한 송풍기
를 짊어지고/이슬 먹은 낙엽 밀어내고 있는데/기억조차 가물가
물한/삼십여 년 전의 가을/인연이 아니라는 이유로/밀어내기만
하던 그녀'(「낙엽을 쓸며」부분)에 닿아 있다. '바람에 밀며 되
돌아오는/낙엽을 보며/추억은 쓸어내도 쓸리지 않는' 것임을
깨닫는다. 위의 '안개'에서 보여준 돌아오지 않을 새벽을 건너
간 그녀에 대한 '그리움'은 안개에 갇혀 있는 모습과 유사하
다. 그것은 다시 '잔잔한 강물에/돌을 던지겠습니다/거대한 파

문에 일어설 수 없게/매정하단 말 꺼낼 수 없게/아픔 느끼지 못하게/눈물까지 말라버리게/뒤돌아보지 않고/사랑한다는 말/들은 체도 않겠습니다' 로 이어진다. 이별은 그리움을 낳고 그리움은 다시 '아픔' 과 '눈물' 까지 모르는 척하며 뒤돌아보지도 않는 결연함으로 매듭짓고 있다. 그러나 지난 시간들을 일깨우는 화자의 행위는 현실을 일깨우고자 함이라는 것을 알 수 있다. 지난 시간으로만 놓아버릴 수 없는 소중한 기억과 인연을 다시 확인하고 싶은 것이다. '잔잔한 강물에 돌' (이별할 때는) 을 던지는 행위나, '언젠가 떠나야 하는 것임을 끝내 말하지 않았던' (안개)에도 나타나 있으며 '추억은 쓸어내도 쓸리지 않는' 다는 것을 애써 일깨우는 행위가 그러하다. 그러나 이러한 되돌아봄과 확인하기는 현실의 나를 단단하게 만드는 데 그 의미가 크다고 하겠다.

　　마른가지 사이로 초승달이 걸리면 어스름 짙어가는 어둠 속으로 당신을 찾아갑니다 혹여 아니 계실지 모르지만 부르는 목소리에 나는 따뜻해지고 위안을 느낄 테지요 당신이 돌아오고 있는 동안 애써 지웠거나 잊힌 기억들을 다시 새기거나 무한하지도 않을 얘기들을 주섬주섬 챙겨 넣기도 하겠지요 하필 땅거미 진 어둘 무렵 찾아왔느냐 물으실지 모르지만 나는 각인될 어떤 이유도 가지고 있지 않음을 당신은 이미 알고 있습니다 어느 날 문득 뒤돌아볼 겨를도 없이 바삐 지내온 날들 속에 그대와 함께 했던 시간들이 아득해지고 있습니다 시간은 언제 어디서나 흐르거나 멈춰 있다. 체화된 시간은 기억을 통해 확인되며 기억은 특정한 어떤 대상 속에 새겨져 있다. '마른가지 사이로 초승달이 걸리며 어스름 짙어가는 어둠 속으로 당신을 찾아갑니다' 로 시작되는 독백체의 산문시는 위의 시들과는 달리 적극적이다. 분위기와 상황이 연출되면 달려갈 준비가 되어 있는 배우처럼 감정 또한 풍부하다. '부르는 목소리에 나는 따뜻해지고 위안' 을 느낄 것이라는 것, '애써 지웠거나 잊힌 기억들을 다시 새기거나…얘기들을 주섬주섬 챙겨 넣기도' 할 것임을 확인시킨다. 여기서 주의 깊게 살펴 볼 것은 '하필 땅거미 진 어둘 무렵 찾아왔느냐 물으실지' 에 대한 자문자답이다. 이는 다분히 어떤 의도성을 갖고 추억에 접근한 것임을 보여준다. 하지만 화자는 시침을 뚝 뗀다. '나는 각인될 어떤 이유도 가지고 있지 않음을 당신은 이미 알고 있습니다' 하며 상대에게 슬쩍 책임을 떠넘기고 있다. 그러니까 추억은 나만의 것이 아니라 너와 함께인 것임을 분명히 하고 싶은 것이다. 추억이란 공유하는 것이며 함께 만든 것이며 처음부터 끝까지 책임까지 함께 져야 할 대상이라는 것을 보여주고 싶은 것이다. '바삐 지내온 날들 속에 그대와 함께 했던 시간들이 아득해' 지나 체화된 시간은 언제든 다시 찾아올 수 있음을 시사하고 있다.

나는 부러진 나뭇가지

힘없는 존재입니다

쓸리고 쓸린 흙더미

온갖 티끌과 찌꺼기들이 몸 위로 달라붙고

아련한 추억 그리워집니다

희망은 갈수록 빗물 같아진다는 걸

살아오면서 터득하기도 했지만

속절없이 내리는 비는

순간순간 기억을 희석시킵니다

알지 못하였습니다

누가 누군가 때문에, 라는 말은

의미 없는 위안에 불과하다는 것을

떠나간 것들은 몸 구석구석에

각인되고 있었다는 사실을,

빗물은 내를 이루고 강을 지나

바다로 흘러갑니다

여전히 비는 그치지 않고

녹녹치 않은 현실에 익숙해지기 위해

자꾸 몸을 씻습니다

떠내려가는 나는

힘겹게 몸을 붙들고 있습니다

—「장마」 전문

첫 행부터 '나는 부러진 나뭇가지/힘없는 존재입니다' 하며 자신을 부정하고 있는 이 시는 실상 긍정의 현실을 잃지 않으려 안간힘을 쓰고 있다는 것을 이어진 내용을 통해 확인할 수 있다. 흙더미 속 온갖 찌꺼기들은 빗물에 휩쓸려 지나가고 희망조차 희석되고 있지만 절대 현실의 '나'를 놓을 수 없다. 지난 시간들은 화자에게 실망과 절망만 안긴 것은 분명 아니다. '아련한 추억'도 있다. '희망은 갈수록 빗물 같아진다는 것'을 터득했으니 웬만한 태풍에도 끄떡없을 터이나 '떠나간 것들은 몸 구석구석에/각인되고 있'어서 견디기가 참으로 쉽지 않다. 하지만 오히려 그치지 않는 장맛비와도 같은 현실의 역경에서 스스로를 돌아보며 '자꾸 몸을 씻'는 정결의식을 반복적으로 치러냄으로써 오늘의 시간, 현재의 시간, 현실에서의 삶을 궤도에 올려놓고 싶은 것이다. 지난 시간들은 줄기차게 현재의 시간을 물고 늘어지며 미래를 쓰러뜨리러 애를 쓴다. 화자가 결연히 지난 시간을 향수함으로써 현재의 시간을 지키고 있다는 것을 알 수 있다.

2. 보내버린 시간 —마주하기

　시간은 의도적이지 않다. 그냥 지나가버리는 것이다. 나로부터 멀어지는 것이다. 그러나 돌아보면 나에게 머물러 있다. 시간을 바라보고 대하는 내가 더 의도적이기 쉽다. 시인의 자의식은 어떤 대상을 만나든 시간에 천착한다. 그것은 나에게 천착한다는 또 다른 의미일 것이다. 나로부터 멀어지는 또 다른 나를 염려한 탓이다.

이게 아닌데 하면서
그가 졸고 있다
창밖, 첫눈은 하염없이 쌓이고

기다림이란 사랑한다는 말의 묵음黙音 혹은
의지와 상관없는 쓸쓸함의 연장선
누군가 다가와 슬며시 안아줄 때까지
옆구리를 쿡, 찌를 때까지
등짝을 사정없이 후려칠 때까지
저 안의 저를 누르고 또 누르는 것
속절없이 위안하는 것

툭, 걷어차인 위로가 사방천지 흩어져 구르고
시선들이 그를 향한다

어깨에 수북이 쌓이는 첫눈
기다림의 고단함을 툭, 툭, 털어낸
시간은 또 지나가고

— 「시간은 지나가고」 전문

지나가는 시간을 바라보는 화자의 시선은 '첫눈'에 고정된다. 그리고 '기다림'이라는 희망을 포개 얹는다. 물론 시간을 그 사이에 끼워 넣는 것을 잊지 않는다. '기다림은 사랑한다는 말의 묵음默音 혹은/의지와 상관없는 쓸쓸함의 연장선/누군가 다가와 슬며시 안아줄 때까지/옆구리를 쿡, 찌를 때까지/등짝을 사정없이 후려칠 때까지/저 안의 저를 누르고 또 누르는 것/속절없이 위안하는 것'이라는 진술이 이어진다. 슬며시 껴안는가 하면 등짝을 사정없이 후려치고 위안하는 '밀고 당기기'의 팽팽한 긴장을 유발하는 시간이다. 내 뜻대로 되는 시간이 아니다. 여기서 '그'라는 대상은 물론 자아의 내적 발현이다. 내가 또 다른 '나'를 바라보며 객관화하고 싶은 이유는 무엇일까. 화해는 아닐까. 내 속에서 못난 또 다른 나를 밀어내고 싶은데 밀어내면 또 껴안고 싶다. '이게 아닌데'로 보여 지는 것은 이 때문이다. 보낸 시간을 다시 마주하고 싶은 간절함은 결국 희망을 잃지 않기 위해서다.

희망은 다시 '회상'으로 이어진다. '외면하려 해도 다가서요…잊었다 해도 슬퍼할 일 아니지만 부정할수록 상처는 덧나고 상심은 커져가요 바람소린 왜 이리 큰지 벼르고 벼른 말들이 그냥 쓸려가 버리네요 무심히 지나는 말도 한때는 상처였지요…태연한 척하면서도 며칠 끙끙 앓아누웠죠…쓸린 상처도 때론 힘이 되네요…어수룩한 시간도 지나고 나면 성숙해지나 봐요 바람이 자고 있어요 바람이 불면 옛길 따라 가고 싶

어요 흩뿌리는 안개비 언덕 너머 누군가 걸어오고 있겠죠.(「회
상」부분)' 화자는 지난 시간 속에서 일부러 '상처'를 들여다본
다. '무심히 지나는 말도 한때는 상처'였다는 과거형의 고백은
희망을 가까운 미래에서 찾고자하는 간절함이라는 것을 알 수
있다.

　지나온 날들이 섭섭하기도 하여 되돌아볼까 하다가 지금의 처
지를 생각하여 쓸쓸하게 관망하였다

　일주일이 하루 같고 내일이 오늘 같다 엎친 데 덮친 격이고 가
슴이 두근대니 귀까지 먹먹한 지경이다

　나는 처음과 끝을, 중간과 중간을, 살아온 날과 살아갈 날을
이어주는 매개자였다 아내는 후려치는 법과 바가지 긁는 법에게,
아이는 이겨야 하는 법과 살아남는 법에게, 친구와 동료들은 언
젠가 누군가의 선례에게 위로 오르는 법에게 연결해 주었다 연결
해줄 때에는 정직한 주관도 공정한 객관도 배제해야 한다 이런
사실을 인지한 대가로 오늘까지 버텨왔지만 기꺼이 내려놓는다

　노을에 이어지는 저물녘이 붉다 어둠에 이어지는 불빛, 찬란한
고요, 다시 이어지는 새벽, 드디어 새로운 시작이다
　　　　　　　　　　　　　　　　—「명예퇴직」 전문

지나온 시간이 '지금의 처지'를 확인하게 하는 이 시는 직장인이면 누구나 일생에 한 번쯤 겪게 되는 퇴직에 관한 내용으로 구성되어 있다. 막상 날을 받아놓은 입장이면 하루하루가 가슴 졸이는 일상일 것이다. '일주일이 하루 같고 내일이 오늘 같다'라고 예상한 일이지만 그 날짜가 현실로 다가올 때는 불안의 연속이다. 그것은 미래가 불안해서라기보다 열심히 일에 몰두하고 열중했던 시간에 대한 섭섭함이다. '지나온 날들이 섭섭하기도 하여 되돌아볼까 하다가 지금의 처지를 생각하여 쓸쓸하게 관망'하는 화자의 심정은 흔히 하는 말로 '시원섭섭'의 정도를 넘어서는 것이다. '나는 처음과 끝, 중간과 중간을, 살아온 날들과 살아갈 날들을 이어주는 매개자'였음을 볼 때 어느 것 하나 허투루 보내지 않았음을 보여준다. 과거의 시간과 현재의 시간, 그리고 미래의 시간을 함께 하며 달려온 존재가 아닌가. 이 시대 퇴직자들이 갖는 보편적 존재로서의 성실한 모습은 더 이상 미래가 아니다. 과거의 '나'로 환원되어야 한다. 그러나 '어둠에 이어지는 불빛, 찬란한 고요, 다시 이어지는 새벽, 드디어 새로운 시작'을 맞이한다.

'겸손하게 익어가는 가을들녘 일렁이는 두둑과 이랑 사이 새 날아가는 창공 멀거니 바라보는 허수아비…풍경에 취한 듯 미동조차 없는, 남자(「우두커니」부분)', '지평선 앞에 서면 나는/그립지 않은 것이 없다'(「지평선 앞에 서면」부분) 역시 현재적 자아의 확인이며 희망을 견인하고 있다는 것을 알 수 있다.

꿈꾸는 도시, 어두운 골목에 쭈그려 앉은 내가 어딜 가다 봤는지 무얼 하다 봤는지 날지 못하는 새가 된 나를 보았어 희미한 불빛, 산란하는 그림자의 산란하는 그림자 탓이 아니라고 둘러댔지만 답하지 못하는 존재의 사유처럼 날지 못하는 새인 나는……

(중략)

수직으로 떠오른 세상이 피안에 다다르지 못하는 까닭은 스스로인 수직이 수평을 황폐한 이 세상이 황폐한 저 세상을 관조하는 탓, 한여름 밤의 꿈을 위해 바다를 향해 날갯짓하는 쓸쓸해지기 위해 허공을 날아오르려 하는 울어도 울고 웃어도 우는, 어둠 속의, 날지 못하는 새

— 「날지 못하는 새」 전문

그러나 화자는 다시 스스로를 돌아보며 지난 시간을 확인한다. '날지 못하는 새가 된 나를 보았어…답하지 못하는 존재의 사유처럼 날지 못하는 새인 나는'의 이유를 스스로에게 두고 있다. 전지적 시점에서 '날지 못하는 새가 나'를 들여다보는 행위야말로 무섭고 끔찍한 일이 아닐 수 없다. 그래서 이미 보내버린 시간을 차근차근 들여다보며 어둠 속을 빠져 나와야 한다. '태어나서 자라고 머물러 눌러앉은 춘천이란 도시/도농통합 전이나 후나 인구 30만 넘기기 하늘에 별따기 같고 먹고 산다는 게 번거롭고 힘에 부친지라 차제엔 떠나볼까 했는데/소양댐 춘천댐 의암댐 물길 막힌 데다 시시때때 안개가 숲을 이뤄 사방이 미로이고/삼악산 금병산 대룡산 오봉산 용화산 북배산

첩첩이 병풍산중이라/이도 저도 못하고서 막막히 앉았는데/오랜만에 만난 친구 슬며시 건네는 말/답답한 사람 불빛조차 없는 막막한 이곳에서 무얼 먹고 사느냐 묻네/하 민망하고 억울하여…가진 것 없어 우울하고 외롭다 해도/아내가 꿈꾸는 주방 창밖으로 보이는 푸르른 하늘/내일을 먹고 산다 했네(「무얼 먹고 사느냐 묻기에」부분)' 에서 확인할 수 있듯 화자는 태어나고 성장한 곳 춘천에서 존재의 근거와 삶의 근간을 두고 있다. 희망이 다른 곳이 있지 않고 바로 지금 여기에 있음을 확실히 하고 있다. 희망이란 멀리 있지 않다는 것을 보여주고 싶은 것이다.

3. 욕망하는 시간 —끌어안기

'욕망은 환유이다' 라고 한 자크 라캉은 '대상은 신기루처럼 잡는 순간 저만큼 물러나고 대상은 욕망을 완전히 충족시킬 수 없기에 인간은 대상을 향해 가고 또 간다' 고 했다. 시인이 시간을 욕망하는 순간 시간은 저만큼 물러나고 시간 속의 자아는 대상을 향해 달리고 또 달리게 된다. 지나온 시간과 현재의 시간은 미래의 시간인 동시에 오늘의 시간이다. 시인은 시간을 욕망한다. 그 속에 내재된 존재를 확인하고 싶다.

신매대교 지나 춘천댐으로 향하는 길목

서면 서상리 271-3번지

늙은 목회자의 예배당이었다가

소신공양 중년부부의 숯가마였다가

이젠 공허한 바람만 찾아드는,

흐르는 강을 막연히 바라보는

낡은 집이 있다

십자가로 서있는 종탑과

아물지 않은 상처처럼 잔해가 고스란히 남아있는 가마터

내가 나를 밀어내지 않으며 우리가

우리를 흔들지 않는 바람의 이야기

미워하지 않으니 등 돌릴 리 없고 바라는 것이 없으니

굳이 밀쳐낼 일 없는,

다만 고요를 깨우는 창문의 흔들림에 소스라치거나

헬 수 없는 별들의 숫자와 창백한 달빛에 취하는 것

강물을 따라 오르다 사람 없는 십자가 종탑과

탈 것은 다 타버려 잔해만이 남아있는 스산한,

한때 숯가마였던 그 집에 들어가면

흐르는 물소리와 더불어 밤 새워 뒤척이는

바람의 이야기를 들을 수 있다

—「바람의 이야기를 듣는 법」전문

춘천의 신매대교를 지나서 춘천댐으로 향하는 길목에 자리
한 '낡은집'은 시인이 숨겨놓은 시간의 이야기가 있다. 한때 예

배당이었고, 한 때 숯가마였던 그곳은 '아물지 않은 상처'를 가지고 있으며 '내가 나를 밀어내지 않으면 우리가/우리를 흔들지 않는 바람의 이야기'가 언제든 나를 기다리고 있는 것이다. 상처를 가진 누구든 여기에 들러 마음껏 속내를 털어낼 수 있다는 암시를 보여준다. '미워하지 않으니 등 돌릴 리 없고 바라는 것이 없으니/굳이 밀쳐낼 일 없는' 그러한 곳이다. 몸을 편안히 하고 기대면 내 속에 잔존하는 지난 시간의 폐기물을 쏟아낼 수 있다는 것이다. 그 어떤 용트림이나 애씀 없이 고요 속에서 온전히 자아를 만날 수 있다. 숨 가쁜 시간에 빼앗긴 자아는 '탈 것은 다 타버려 잔해만이 남아있는 스산한' 곳에서 '흐르는 물소리'와 함께 지난 시간은 물론이고 현재의 시간과 미래의 시간을 함께 만날 수 있음을 일깨우고 있다.

나는 모릅니다
제 길을 가고 있는지 알지 못합니다
당신의 침묵은 더더욱 이해하지 못합니다
끝나지 않을 혼돈 앞에서
아무도 진실을 말하지 않습니다
단단히 잠긴 대문 앞에서
넘을 수 없는 벽을 절감합니다
별 하나 없는 어둠에 질식합니다
실망하여 집으로 돌아가거나
너절하게 깔린 사랑과 미움 중

하나를 선택해야 합니다
편을 가르고 옳고 그름에 표를 던져야 합니다
그런데 나는 모릅니다 무엇이 옳은지
절실한 누군가 스러지고 있는데
절망하여 죽어가고 있는데
나는 알지 못합니다
광장의 어둠 속엔 촛불이 반짝입니다
(중략)
밥만 먹고 사는 나는 모르는 게 너무 많습니다
정말 아는 것이 너무 없습니다

　　　　　　　　　　─「나는 알지 못합니다」 부분

　이 시의 표층을 이루는 시어로 '절망' '진실' '침묵' '어둠'
'혼돈' '벽' '질식' '사랑' '미움' '촛불' '감동' '상처' '위
안' '천국' 등은 한 편의 시를 매우 무겁게 한다. 무거울 뿐만
아니라 어두침침하기까지 하다. 첫 행부터 '나는 모릅니다/제
길을 가고 있는지 알지 못합니다' 하며 토로하는 화자는 부정
적 정황에 놓여 있음을 알 수 있다. '하다' '못하다' 의 상반된
동사활용은 화자의 심리적 기저에 불안이 가득함을 느끼게 한
다. '넘을 수 없는 벽' 이거나 '별 하나 없는 어둠' 에 질식할 것
같은 화자의 현재는 이미 지난 시간의 연속이다. 그 시간은 미
래를 볼 수 없게 한다. 어떤 길을 가야할 지, 어떻게 가야할 지
에 대해서도 알 수 없게 하는 것이다. 둘 중 하나를 선택해야

하는 화자의 현재는 그나마 '촛불'이 있어 다행이다. 어두운 현실, 현재의 시간은 지난 시간을 부정하게 하고 미래의 시간을 믿지 못하게 한다. 그러나 '촛불'을 통해 화자가 희구하는 것은 상처를 뛰어넘는 시간, 어둠을 뛰어넘는 시간을 획득하는 것이다. 그래야만 화자는 이 모든 부정적 상황을 끌어안을 수 있으며 지난 시간과 화해하고 미래를 욕망할 수 있다.

> 지루한 여정이었어요 발은 푹푹 빠지고 가도 가도 모래뻘이었어요 숲에 들어 길을 찾는 것처럼 신기루를 찾아 헤맸지만 길 잃은 사막의 밤은 너무 추웠고 어둠에 싸인 별들의 눈동자만 반짝거렸어요 어제, 당신의 슬픔이 되었던 낙타는 바람을 등지고 당신만을 태운 채 떠나버렸고 마른나무 가지 위에선 독수리 한 마리가 남겨진 나를 지켜보고 있었어요 신기루가 존재하지 않는다는 건 이미 알고 있었지만 모래언덕 아래 겹겹이 싸인 어둠 속에선 꽃 한 송이 피어났어요 잠들 수 없는 밤의 신기루 같은 꿈이었어요 당신을 떠났으므로 당신밖에 모른다는 당신의 전언이 바람을 타고 들려왔지만 소용없는 일이었어요 되돌아가기엔 먼 길을 달려왔거든요 갈 길은 아직 많이 남아 있었지만 어디로 가야 할지 모를 사막의 밤이었어요

—「사막의 밤」 전문

이 시 역시 화자는 부정적 정황에 놓여 있다. '지루한 여정이었어요 발은 푹푹 빠지고 가도 가도 모래뻘이었어요' 하며 부

정의 부정에 연속이다. 가도 가도 만나는 것은 사막의 모래뿐이다. 시간은 어디서 왔다가 어디로 흐르는가. 온 곳도 갈 곳도 알 수 없는 시간의 벌판. 과거의 시간과 현재의 시간이 혼재하는 곳. 그래서 미래의 시간은 더욱 알 수 없는 곳이 사막이다. 모래바람 속에서 과거의 시간과 미래의 시간은 한데 뒤엉겨 하나의 시간으로 흐른다. 그러나 요행히 어둔 밤하늘에 반짝이는 별이 떠 있다. '느지막이 일어나/꽃 피어진 풍경 슬쩍 바라보고/부는 바람의 줄기를/사정없이 꺾는다/귀를 막고/모자를 푹 눌러 쓴다/어제 일기를 땅바닥에 휘갈겨 쓰고/지나는 시간을 향해/팔뚝질 한 번 하고/어림없는 일이라고 넌지시 알려준다/어느새 어둠이 올 즈음/무수한 별들 중 하나/무리에서 떨어져 허공을 비행한다/돌아갈 길을 향해/발걸음 슬며시 내딛는다(「버티는 법」전문)'에서도 사막과도 같은 먼지 가득한 현실에서 별이 뜨고 화자가 돌아갈 길을 밝혀준다. 인생은 선택의 여지가 없다. 스스로 길을 걸어가는 것도 선택한 것이라기보다 그 길을 걸을 수밖에 없는 비선택지의 조건이 선도하는 것이다. 현재의 시간, 미래의 시간을 살기 위해서 버텨야만 하는 것이다.

메마른 땅을 지나다보면
안개가
지나온 길을 지우고
황사가 앞을 가립니다

어스름 깃들 때까지

사라진 길을 찾아 헤매다

천연덕스럽게 나는

지날 만큼 어둠이 깔린

길로 접어들어

기착지의 문을 두드립니다

멈출 수 없는 걸음에 눈물이 납니다

찾아 나선 건 길이 아니라

안식입니다

행복이 어디 있는지

아직 모릅니다

멀리 보이는 달빛에

그림자가 어립니다

오늘밤엔

깊은 잠에 빠지고 싶습니다

―「여정」 전문

    길을 가다보면 메마른 땅, 질퍽한 땅, 고슬고슬한 땅, 사막과
도 같은 모래를 만나게 된다. 한 길을 쭉 걸어간다는 것은 이러
한 땅을 만났다는 것이며 그러한 시간을 견뎠다는 것이다. 나
를 에워싼 모든 가림막을 떼어버리고 도망쳐서 내가 원하는 곳
으로 한달음으로 달아나고 싶었을 것이다. 이 모든 억압과 구
속으로부터 자유로워지고 싶은 화자의 소망은 늘 미래의 시간

을 욕망하기 마련이다. 화자의 여정은 아무리 '메마른 땅'이어도 '안개'가 '지나온 길'을 지워준다. 그러나 곧 '황사'가 앞을 가린다. 벗어났는가 하면 다시 갇혀버리는 현실의 어둠은 반복적 시간 앞에서 망연하다. 반복적 길가기는 반복적 시간가기의 다름 아니다. 안개와 황사에 가려진 '사라진 길'을 찾아 끊임없는 길 가기에서 이제는 끌어안아야만 된다는 사실을 깨달은 듯하다. '천연덕스럽게 나는/지날 만큼 어둠이 깔린/길로 접어들어/기착지의 문을' 두드리게 된다. '행복이 어디 있는지' 아직 알 수 없으나 이미 '안식'을 만났다.

짬을 내어
잔잔한 흐름 멈추지 않는
유년의 강을 건너는 데요
산이 된 강을
눈을 감고 건너는 데요
강 속엔 출렁이는 산이
불쑥 솟아
푸른 꿈 변치 않고 있는 데요
단숨에 오른 산 위로
강은
변함없이 흐르는 데요
어느새 나는
강 건너

이만치 와 있네요

　　　　　　　　　―「강」 전문

　강은 지난 시간과 현재의 시간을 공유한다. 또한 미래를 향해 줄기차게 나아간다. 강 앞에 선 화자는 더 이상 힘들고 고단했던 지난 시간에 천착하지 않는다. 내게서 멀어져간 시간, 내게 체화된 시간을 고스란히 강에 띄워보내고 있다. 흐르는 강에서 '유년의 강'을 보았고, '산이 된 강'을 '눈을 감고 건너는' 정도가 되었다. '강 속' 출렁이는 산이 이제는 '푸른 꿈 변치 않고 있는' 모습이라는 것을 보아낼 줄 안다. 그 강을 하염없이 바라보면 '어느새 나는/ 강 건너/이만치 와 있네요' 하며 긍정의 시간을 만난다. '황사가 온다더니 봄비가 내려요 지나는 길 개나리꽃 유난히 샛노랗고요 자목련 꽃송이 어쭙잖게 떨어져 아스팔트길 흥건하게 적셔요 안개 속 산등성 몸을 감추고 윤슬 고운 물길은 도란도란 아래로 흘러요 지나는 자동차 미끄러지듯 비켜가고요 아이는 등굣길 재촉합니다//봄비 내리는 아침, 희망도 함께 합니다(「봄비·1 전문」)' 분명 자기 의지와 상관없는 지난 시간의 불협화음은 긍정보다 부정의 시간이었다. 하지만 지금 내게 주어진 긍정의 시간은 부정의 지난한 시간을 거쳤기에 가능한 것이다. 끌어안아야만 하는 욕망의 시간인 것이다. 촉촉하고 달콤한 '봄비'는 그냥 내리는 것이 아니라는 사실을 이 시는 보여주고 있다.

정중화 시편에서 부모에 대한 애틋한 마음, 부부의 소소한 일상, '인연' '말' '숲' 등 자연 속에서도 희망이 발견되고 있음을 알 수 있다. 특히 「풍물시장에서」는 고향을 사랑하는 마음이 여느 향토 시인에게서보다 시인의 정서에 밀착되어 있음 알 수 있다. 「시인의 눈」 「詩를 읽는 밤」 「詩」 등에서 삶이 곧 시이고 시가 곧 삶이고 싶은 시인의 절실함이 감각된다. 시간을 주된 시어로 내건 그의 시편들에서 고르게 편재된 언어들의 질감은 대체로 무르거나 단단하거나 여리다. 대상과 시인의 심리적 거리와 다소 고백적인 에토스적 진술은 서정적 자아의 자기 회복을 꿈꾸는 것으로 이해된다. 지난 시간과 미래의 시간이 쉬지 않고 현재적인 것을 견인하기 때문이다. ◑

시와소금 시인선 053

바람의 이야기를 듣는 법

ⓒ정중화, 2016, printed in Seoul, Korea

1판 1쇄 발행 2016년 10월 15일
지은이 정중화
펴낸이 임세한
디자인 유재미 정지은
펴낸곳 시와소금
등록번호 제424호
등록일자 2014년 1월 28일
발행 강원 춘천시 충혼길20번길 4, 1층 (우-24436)
편집 서울 송파구 백제고분로45길 15, 302호(홍주빌딩)
전화 (02)766-1195, 010-5211-1195
이메일 sisogum@hanmail.net
ISBN 979-11-86550-29-8 03810

값 9,000원

* 이 시집은 춘천시문화재단 문화예술지원금으로 발간되었습니다.